जीवन तरंग

अनीता शर्मा

जीवन तरंग

अनीता शर्मा

Anybook

Published By

Anybook

Cell : 9971698930

E-mail : contactanybook@gmail.com

Website : www.anybook.org

First published by Anybook in 2020

Copyright © 2020 Anybook

Copyright Text © 2020 Anita Sharma

Cover Design & Typesetting by Anybook

ISBN : 978-93-86619-67-9

The author asserts the moral right to be identified as the author of this work

मेरे पिताजी
श्री जगदीश प्रसाद पाण्डेय
को समर्पित

मेरी अभिव्यक्ति को शब्दों में पिरोने की प्रेरणा मुझे पिताजी से मिली। भावनाओं को संजोए हुए यथार्थ जीवन के पलों को समेटे हुए है मेरी कविता।

जीवन संघर्ष से घिरा होता है, जीवन जीने का दृष्टिकोण सकारात्मक होना और परिश्रम करते हुए सतत् आगे बढ़ने की शिक्षा समाहित है। चाहे राम ने ही क्यों न अवतार लिया हो, मानव जीवन में संघर्ष साथ-साथ चलता है।

ख़ुशी-दुःख का संयोग ही जीवन है। सरलता के साथ इस पुस्तक में संजोया है।

अनिता शर्मा
झाँसी

मेरी पुस्तक को रूप देने के लिए मैं तहेदिल से सभी का आभार व्यक्त करती हूँ।

मेरे शुभचिंतक, मेरे मित्र, मेरा परिवार और पब्लिकेशन टीम को सहृदय धन्यवाद देती हूँ।

अनिता शर्मा

झाँसी

अनुक्रम
कविताएँ

कविताएँ

घोर तिमिर रात्रि

घोर तिमिर रात्रि में, घोर अँधकार है।
निराशा को बढ़ा रहा, ऐसा तिमिर जाल है।
आँधी भी विकराल रूप ले रही।
विश्वास को बढ़ाये जा, अडिग खड़ा रहा वहीं।
कब तलक रुकेगा यूँ, कब तलक झुकेगा यूँ।
अँधकार में ही ढूँढ, आभा का कण शेष है।
अन्तः की चेतना जगा, क़दम बढ़ाये जा यूँही।
न डर, न ध्यान दे कि लोग क्या कहेंगे यूँ।
नैराश्य को दूर कर, विश्वास को बढ़ाये जा।
घोर तिमिर जाल है, हृदय के दीप जलाये जा।
है किरण झलक रही, प्रभा की भोर हो गई।
तू उठ डगर एक नया सफ़र ज्योति पुँज दिख रही।
तू क़दम बढ़ा कि नई सुबह हो रही।

विरोधाभासी

जीवन विरोधाभास ही तो है,
असफलता निराशा में धकेले।
एक प्रेरणा,ऊर्जा का संचार करें,
कोशिश सफलता के शिखर दे।

जीवन विरोधाभास ही तो है,
आशा-निराशा का संगम है।
अँधकार, प्रकाश का पर्याय,
दीप्ति-गहनता का संचार है।

जीवन स्वर्णिम स्वप्न बुने,
आशा-निराशा साथ चले।
गिरकर उठना फिर संभलना,
नदी तरंग सा बहता जीवन।

ठहरने की गंध भर जाती,
निरंतर बहना, सतत् ही बहना।
रुकते ही जीवन थम जाता।
निरंतरता के क्रम में ही चलना।

जीवन की धारा है ऐसी,
कभी न रूकती, सदा ही बहती।
जीवन के हर रंग निराले,
बहते रहना, ज़रा न थमना।

अनीता शर्मा

चाँदनी

चाँदनी रात में, चाँद के साथ में,
चाँद चमके, चमक चौदहवीं सी लगे।
दूधिया रौशनी, चाँदनी छा गई,
चाँदनी की चमक, सुहानी सी लगे।

चाँद की श्वेत चाँदनी में धरा भी,
श्वेताम्बर हुई, अप्सरा सी लगे।
रूप मधुर खिला, चाँदनी से घिरा,
पूनम का चाँद, चंचल मन की पुकार।

निर्निमेष चाँद, चाँदनी में मगन,
अलौकिक किरणों की घटा छा गई।
अविस्मरणीय अनुभव धरा पर हुआ,
आज आकाश उर्वान, क्षितिज सी लगे।

तारे बाराती बन छाये हैं नभ में कि
ख़ूबसूरत पलों की ग़ज़ल बन रही।
चाँदनी रात में, चाँद के साथ में,
श्वेत किरणों ने अनुपमा मधुर्यता छाई है।

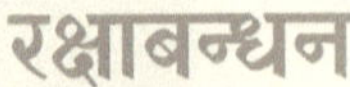

रक्षाबन्धन

रक्षाबन्चन सबसे पावन त्यौहार
रेशमी धागे में बसा भाई-बहन का प्यार।
चाहे जितना लड़े-झगड़े भाई-बन्धन,
राखी का उपहार है रक्षा का बन्धन।

बहिन बिना घर का आँगन सूना,
भाई बिना संसार ही सूना-सूना।
रेशम के धागे में बहिन का प्यार,
भाई के उपहार में बसा निश्छल प्यार।

हर साल सावन का त्यौहार राखी
राखी के धागे की महिमा अपार
गंगाजल सा पवित्र भाई-बहिन का प्यार
पवित्र विश्वास की डोर राखी का त्यौहार।

ससुराल से घर आती बहिना
राखी है मायके का त्यौहार।
वर्ष भर में राह जोहती बहिना
ये है भाई-बहन का त्यौहार।

सहोदरा के हृदय में बसा है
पवित्र प्रेम-विश्वास अपार।
चाहे कहीं भी रहे भैया
रक्षाबँधन पर पास रहते दिल।

अनीता शर्मा

घर की रौनक़

इंतज़ार के बाद
वो दिन भी आया जब...
बच्चों से घर गुलज़ार हुआ
चमक उठा घर आँगन मेरा।

हँसी-ख़ुशी और ठहाके
महके घर, पुलकाये मन।
खिलखिलाहट और फ़रमाइश
कभी ठहाके कितनी रौनक़।

चहल-पहल में बीता दिन
बहुत चमक, ख़ुशहाल घर।
खिला-खिला, कोना-कोना
रौशन घर का हर कोना।

समय के साथ बीता पल भी
आया वो पल, तैयारी लौटने की
छुट्टी बीती, लगा वक़्त उड़ा है
अब हम अकेले, और सुनसान-सा घर॥

ताना-बाना

रोज़ नया लिखती हूँ, भाव भरा लिखती हूँ।
जीवन की हक़ीक़त को, सँवारकर लिखती हूँ।
अतिश्योक्ति नहीं, पर सार-भरा लिखती हूँ।
हर शब्द चुन संजोती, भाव रस लिखती हूँ।
कुछ अर्थ भर सजाती हूँ, भावना को उठाती हूँ।
आत्मीयता को घोल, विश्वास को बढ़ती हूँ।
भावों को जगाती हूँ, आत्मचिंतन कराती हूँ।
शब्दों में अटके बिना, गहराई तक ले जाती हूँ।
राग-रंग को छोड़कर वैराग्य को जगाती हूँ।
स्पष्टता के साथ-साथ, बढ़कर मुक़ाम गढ़ती हूँ।
ताना-बाना बुनकर, गूढ़-सन्देश से भरती हूँ।

अनीता शर्मा

बगिया मेरी

इक छोटी-सी बगिया मेरी,
इक छोटा-सा संसार बसा।
रंग-बिरंगे फूल खिले,
कुछ सुंदर से पौधे भी।

मेरी रंग-बिरंगी बगिया
चिड़ियों का बसेरा बना।
चहकती अनेकों प्रजाति की
घोंसलों का आशय बना।

बगिया के इक कोने में
रख छोड़ा खाने का स्थान।
पानी की डिबिया मिट्टी की
डूब करे स्नान और पान।

कागा भी आकर बोले काँव-काँव
हरी-भरी बगिया है मेरी।
मिलती जहाँ असीम संतुष्टि
शाँति का सुख बसे इसी में।

शीतलता मन को भर देती
शाँति-स्फूर्ति चैतन्यता से।
गिलहरी फुदकती तितली उड़ती
अतुलित सुख देती बगिया।

नई वधु

श्रृंगार सजा, वधु, वर से मिलने आई
    सजना के आँगन में सोलह श्रृंगार करके।
आकांक्षाओं को हृदय में सजाकर
    साजन के दिल में बसने की तमन्ना।
सजन घर ले आई वधु को
    प्रियजन छोड़ वो आई सजन घर
प्यारा-सा संसार बसाने अपना।
    सुंदर-सा हो अरमानों का घर
फूलों से महकेगी बगिया।
    बच्चों से चहकेगी दुनिया
ख़ुशियों का रंगीन संसार बसाने आई।
    वधु, वर से मिलने आई
सोलह श्रृंगार संग ख़्वाहिशें हज़ार लाई।

अनीता शर्मा

राधा प्रेम की धारा

बरसाने की राधा थी वो
बाल सखी पावन सी थी।
नन्द गाँव के कान्हा की
प्रेम सखा सुहानी थी।

प्रेम पुजारिन राधा थी
जो प्रेम सुधा की धारा थी।
बन्सी की धुन सुनकर
अपनी सुधबुध भूली थी।
कान्हा की सखा निराली थी
बरसाने की राधा थी।

राधा प्रेम की धाराओं में
पवित्र गंगा की धारा-सी।
कमल सी प्रीत पावन थी
श्याम की सखा निराली थी।

श्रद्धा और विश्वास भरो प्रभु

श्रद्धा और विश्वास भरो प्रभु,
आस्था का संचार करो प्रभु।

न भटकूँ राह तिहारी मेरे प्रभु,
शरण तिहारी आया मेरे प्रभु।

वृहद्हस्त शीश पर रखना,
आशीर्वाद सदा ही रखना।

बहुत भटका जग में प्रभु,
अब अपनी शरण में रखना।

जीवन का उद्धार करो प्रभु,
नव ज्योति का संचार करो।

अंतर्मन को राह दिखाओ,
संसार के मोहपाश से छुड़ाओ।

मुझे अपनी शरण में ले लो,
भटकी बहुत अब शान्ति दो।

जन्म-मरण से मुक्ति दो प्रभु,
जीवन-चक्र से उद्धार करो।

नारी स्वाभिमान

ज़ंजीरों को तोड़ तुझे आगे बढ़ना है,
नारी स्वाभिमान रखना है।

अंकुश भावनाओं में रखकर,
पग बाहर रखना होगा।

नारी को घूँघट से बाहर आकर,
आत्मसम्मान जगाना है।

नहीं चौखट की सीमा रेखा,
नहीं रूढ़ियों की दीवारें।

संकल्प की नींव परिपक्व रख,
स्वयं डोर खींच रखना होगा।

समय परिवर्तित हुआ विचारों का,
सामन्जस्य बिठा चलना होगा।

नारी नहीं भिन्न पुरूष से,
समाज को बदलना होगा।

रागिनी, गृहस्वामिनी, भार्या और माता,
गौरव साथ रखना होगा।

अंजान डगर

ये कैसी ख़ामोश डगर है,
    ये कैसा वीराना पथ है।
इक अंजान डगर है सूनी,
    चिर निरन्तर शान्त पथ।

इक सत्य जीवन का है यह,
    अबूझ पहेली जीवन की।
न नाता, न रिश्ता रहता,
    एकान्त शून्य सा सन्नाटा।

यही जीवन का सार सत्य है,
    यही संसार माया का अंत।
राह पर बढ़ चले बटोही,
    छूट रही रिश्ते की डोर।

तू अकेला ही आया था,
    तू अकेला ही जायेगा।
जुड़े यहाँ रिश्ते थे तुझसे,
    छूट रहा है घर परिवार।

अनीता शर्मा

मैं अमूल्य धरोहर

मैं ईश्वर की अमूल्य धरोहर
ये संसार मेरा घर-बार
नहीं चाहिए, घृणा-ईर्ष्या
सुखमय हो जीवन का हर कोना।

नहीं उम्मीद, नहीं आसरा
अपने पर विश्वास भरा
जो चाहेंगे वही करेंगे
है मन में विश्वास अटल।

हे प्रभु देना, ईश आशीष
रहूँ सदा चरणों में तेरे
हो जीवन सरल सदा ही
बस इतनी सी चाह मेरी है।

हिंसक वृत्ति

ये कौन लोग हैं?
जो पत्थर हैं मार रहे?
अपनी पाशविक प्रवृत्ति हैं दिखा रहे
कहीं आगजनी, तोड़फोड़ कर रहे हैं।
कौन इन्हें उकसाता है?
क्यों करते हैं, ये अमानवीय कृत्य?
क्या यही राजनीति कहलाती है?
देश की सम्पदा का नुक़्सान
ये कैसे देशभक्त लोग हैं?
कितनी कटुता भरा व्यक्तित्व है?
क्या ये पैसों के ग़ुलाम हैं?
भड़काने से भड़क गए, विवेक नहीं?
ये कैसी राजनीति करते नेता?
ग़ैरत का न नाम बचा
ऐसे नेताओं को जनता सीख सिखाएगी।
उठा फेंकेगी कुर्सी से इनको
शाँति तभी लौटेगी देश में।

अनीता शर्मा

कोरोना-अभिशाप

क्या ज़माना आ गया
    पहले से क़ब्रें खोदी जा रही।
माहौल में मातम छाया
    मुसीबत बेहिसाब छाई।
कल के लिए जो जोड़ा
    वो यहीं छोड़े जा रहे।
अपनों से मिल भी न पा रहे
    अकेले एकांत की ओर बढ़ रहे।
जो कुछ अपना था
    वो सब पीछे छूट रहा।
सभी डरे-डरे से हैं
    दूर-दूर खिंचे से हैं।
आपदा का रूप भयावह है
    किंम कर्तव्य विमूढ़ हुए।
किन कर्मों का प्रारब्ध है ये
    किसका अभिशाप प्रकोप है।

कब सोचा था

कब सोचा था?
जीवन में ऐसा मँज़र आएगा।
कब सोचा था?
भारत पूर्ण बन्द रहेगा।
कब सोचा था?
मनुजता बन्द रहेगी स्वगृहों में।
ये नज़ारा भी देख, भुगत लिया
कब सोचा था?
यूँ तो इन दिनों में
विचारों की आवाज़ाही बहुत रही।
एक आशा विश्वास भी है।
हर रात के बाद सुबह आती है।
ये मनहूसियत का समय भी बीतेगा
फिर ख़ुशगवार पल आएगा।
हाँ बन्द जब संसार हुआ, तब
प्रकृति स्वच्छ, साफ़ हुई।
कब सोचा था?
ये दिन भी आएगा जीवन में।

अनीता शर्मा

अश्क

अश्क यूँ बह उठे कि
ग़म बह बरस गये।

ग़मगीन फ़िज़ा हो गई कि
मौसम भी बदल गये।

लबों पे आह छा गई कि
होंठ काँप शाँत थे।

अश्रु अविरल झर रहे कि
नयन टकटकी भरे।

आहत दिल भरा-भरा कि
इश्क़ तार-तार था।

भक्ति

बढ़ती है जब संसार से दूरी
भगवान के सामीप्य बढ़ता है।
विचारों की धारा में अंतर आता है
अस्त-व्यस्त विचार हुए एकाग्र सब
हृदय की रिक्तता भी, भक्ति में बदल गई।
भगवान से जुड़ने से ही पवित्रता बढ़ गई।
संसार में भटके सभी तारों की श्रृंखला
भक्ति में बदल गई, ईश्वर से तार जुड़ गए।
भक्ति की प्रधानता में, ईश का विचार है।
सकारात्मकता ओज से संतृप्ति हो गई।

भूली-बिसरी

आगे बढ़ जाना उचित है।
जो बीत गया सो बात गई।
सीख लेना बीते दिनों से
आगे राह लेना उचित योग से।

क्षमा हो हृदय में और
वाणी में संयम का संयोग भरा।
सदभाव के साथ आगे बढ़ना
तब मानवता का उद्धार हो।

समय कठिन भी बीतेगा
तब नया वक़्त भी आएगा।
ईश्वर पर विश्वास अगर हो
पथ प्रकृति स्वयं दर्शाती है।

नैना

नयन की चितवन
चंचल चपलता से।

तिरछे बाण चलाये
चितचोर चंचल से।

छुपके से उठकर गिरते
झुकते से शरमाये नैना।

दिल का हाल बताये
चंचल नयना।

आँसू आँखों में भरे जलाशय से
कमल नैना।

सारे दुःख उघाड़े
बावरे नयना।

ख़ुशी चमक बताते
चंचल मनमोहक नैना।

अंगारे से दहके
क्रोधित नैना।

अंतस को ज़ाहिर करते
अंतर्मन आनंदित नैना।

माँ गंगा

माँ गंगा की निर्मल धारा
सौम्य निश्छलता की चेतन धारा।
गंगा की पवित्रता में औषधि का गुण है।
ऋषि, मुनि तपस्या में अनवरत साधना रत
शिव के शीश में बसती हैं माँ गंगा।
भागीरथ धरा पर लाये थे उनको।
माँ गंगा उद्धार सभी का करती।
हर-हर गंगे का उद्घोष सभी करते हैं।
माँ मनोरथ पूर्ण सभी का करती।
माँ की स्वच्छ शीतल धरा है।
मौन-तपस्वी तर वास हैं करते।
शुद्ध-पवित स्नान से करती सभी को
नमन करूँ माँ गंगा स्वीकार करो मेरा वन्दन॥

आदि शक्ति

सुप्तावस्था जड़ता को दूर करो माँ
जाग्रतावस्था चैतन्यता की ज्योति भर दो।
शारीरिक सुख से हमें निकालो
आत्मिक सुख से भर दो माँ
मेरे मन-मन्दिर को अलौकित कर
सुख-शाँति से इसको भर दो माँ।
हो निश्चय मुझको इतना हो
ऐसा तेज-पुँज ओज भरो माँ
चेतन, अर्धचेतन, अवचेतन में
झूल रहा मन शुद्ध करो ज्ञान से माँ
चैतन्यता शुद्धता अंतर्मन में भर दो माँ
माँ आदि शक्ति शुद्ध करो मन-मन्दिर।
सुप्तावस्था रही अभी तक
जागृत कर दो मन का हर कोना।
माँ अब नहीं भटकना जग में
राह तुम्हीं दिखला दो अब।
माँ आदि शक्ति जग में आकर
चैतन्यता जग में बिखरा दो॥

अनीता शर्मा

नमन

नमन उन विचारों को
    जो अभीष्ट तक पहुँचाते हैं।

नमन उच्च अभिव्यक्ति को
    जो आत्मा तक पहुँचाते हैं।

नमन उन गुणी जनों को
    जो गुण-अवगुण सिखलाते हैं।

नमन उन दुर्जनो को
    जो सत्य-पथ दिखलाते हैं।

नमन जगत के रचयिता को
    जो आत्म-मंथन करवाते हैं।

नमन विकट परिस्थतियों को
    जो स्वयं से मिलवाती हैं।

नमन हमारे माता-पिता को
    जो निश्छल नेह बरसाते हम पर।

नमन प्रकृति के सब रूपों को
    जो निःस्वार्थ भाव सिखलाते हमको।

नमन ब्रह्माण्ड के सभी पिंड को
    जो ऊर्जावान बनाते हमको।

बँधन

बँधन के रिश्तों में बँधा हुआ संसार।
कभी हँसाता कभी रुलाता बँधन का संसार।
खट्टा-मीठा, स्वाद यहाँ पर दे देता संसार।
बँधन के रिश्तों में बँधा हुआ संसार।

कहीं त्याग, परोपकार, भावना का बँधन।
कहीं ईर्ष्या, स्वार्थ, खींचतान का बँधन।
बँधन के रिश्तों में ही बँधा हुआ संसार।
महत्वाकांक्षा के बँधन में बँधन में बँधा हुआ संसार।

सुख-दुःख में जब साथ निभाये
यही तो रिश्तों का संसार।
इन रिश्तों की ख़ूबसूरती में
बँधा हुआ बँधन का संसार।

आत्मा से आत्मा का अलौकिक बँधन
इस बँधन में बँधा हुआ संसार।
मोह-माया, नातों रिश्तों में बँधा हुआ
बँधन के रिश्तों में बँधा हुआ संसार।

नशा

जीवन एक नशा है।
नशा किसका नहीं होता?

जीवन जीना भी नशा है।
कोई खुलकर जीता है ज़िंदगी
कोई अपने में सिमटकर जीता है।

किसी को पैसों का नशा है
किसी को दिखावे का नशा है।
किसी को अहंकार का नशा है।

कोई पुस्तक के नशे में डूबा है।
कोई अभिनय के नशे में गुम है।
कोई सरगम के नशे में झूमा है।

कोई धर्म के नशे में डूबा है।
कोई बाहरी आडम्बर के नशे में है।
कोई बोतल के नशे में गुम है।

नशे की लत सभी को है।
झूमते हैं सब नशे की चाहत में।
कोई जानता है, कोई जानकर अंजान है।

दूरियाँ

मेरे अपने बहुत पीछे छूट गए।
मन अलग, राह अलग, सोच भी अलग ही।
दूरियाँ बढ़ीं कि दिलों में दरार बढ़ गई।
अपेक्षा बढ़ी कि दरो-दीवार नई खिंच गई।
स्वयं में उलझे कि समझ-बूझ खो गई।
अहंकार गर्व के बादलों में घिर-भटक गए।
दूरियाँ बढ़ीं कि परिवार टूट-बिखर गए।
मन में कलुष विचार भी नाचते-चिंघाड़ते।
अपनापन ख़त्म हुआ कि मन के भेद बढ़ गए।
स्वयं विवेक खो दिया, अहम ओढ़ जी रहे।
साथियों की सुन भड़क कुढ़ रहे।
तमाशबीन भी ताली बजा ख़ुशी मना रहे।
जो थे सहोदर, वे भी तो अंजान हो गए।
कश्तियाँ ही रह गई, तूफ़ान आ छा गए।

अखियाँ

काजल सी, कजरारी अखियाँ
झुकी हुई सकुचाई अखियाँ।
चंचल शोख़ मतवाली अखियाँ
घायल चित्त, चितवन सी अखियाँ।

नीर झरे अखियों से जब भी
ग़म हो या ख़ुशी का माहौल।
दुःख- तक़लीफ़ न सहती अखियाँ।

जब ख़ुशियाँ की ख़बर सुने तो
भर-भर आये दोनों ही अखियाँ।
सारे भावों को कह देती ये
अखियों का गर पढ़ जान सको तो।

अखियों की बतिया पहचानो
दिल में कोई न राज़ छुपाये।
बरस के सब कह जाती अखियाँ
इन पर न कोई ज़ोर चले हैं।

दोनों का अनुपम बन्धन
साथ उठे और साथ झुके हैं।
स्वाती के मोती है इनमें
और गंगा की निर्मल धारा।

राही

राही तू चला चल।
हिम्मत न हार राही,
चला चल तू चला चल।
मिलेगी पहचान बस राही,
चला चल तू चला चल
तूफ़ानों से लड़ना है राही
चला चल तू चला चल
हर मुश्किल आसान होगी राही
चला चल तू चला चल
अकेले ही बढ़ मंज़िल की ओर राही
चला चल तू चला चल
लाख तूफ़ान आयें चाहें राही
चला चल तू चला चल
राह की उलझन पार कर राही
चला चल तू चला चल
मंज़िल मिलेगी तू अकेला चल राही
चला चल तू चला चल।

संकोच

जीवन जीती थी संकोची-सा।
अपने अंदर अपने भीतर ही।
घुटती-सी सहमी-सहमी सी।
दुनिया से घबराई-सी थी।

छोड़ दी जब संकोच की बेड़ी।
छोड़ दिया घुटन का जीवन भी।
आगे बढ़ी अपने आप में रहकर।
तब विचारों को समझा मैंने।

कविताओं की कड़ियों को जोड़ा।
व्यक्त किया शब्द-रूप में उनको।
चित्त को तब शाँति मिली।
अब खुलकर जीवन जीती हूँ।

रंगो से आकृति सजीव की।
संजोती तूलिका और रंगो से।
बहुत तृप्ति हृदय को मिलती।
संतोष, ख़ुशी, संग मन भरता।

बँधनो में जकड़ी थी क्यों?
अनेकों प्रश्न उठते हृदय में।
नहीं उत्तर मिलता इनका भी।
आत्ममंथन बहुत किया फिर भी।

तोड़ा संकोच की दीवारों को
आसान नहीं कुछ भी था पर
धैर्य वक़्त धरा तब भी
एक नई सुबह आई जीवन जीना जाना तब।

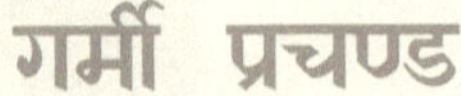

गर्मी प्रचण्ड

आग-सी बरस रही
    सूर्य है प्रचण्ड रूप।
धरा झुलस रही विकल
    सूखते हैं वृक्ष भी।
खग बेहाल दिख रहे
    चोंच खोल बेहाल से।
जानवर बेहाल छाँव ढूँढते
    छाँव देख, बैठते झुण्ड में।

तिनका-तिनका तृण पीला हुआ
पत्ते-पौधे झुलस रहे पुष्प सूख बिखरे।
सूरज पूरे वेग से आग उगले जा रहा।
छाँव ढूँढते पथिक, घने पेड़ की आट में।

    लू चलती हवा बह रही
    सुबह-शाम गर्म उमस भरी।
    रूप-रंग धरा का बदला
    मनुज बेहाल, बेचैन घूमते।

पसीने से तर है हर इंसान
गर्मी से दम है बेहाल।
तपिश बढ़ाती ग्रीष्म ऋतु।
जीवन बेहाल हुआ सबका।

    सूर्य प्रचण्ड आग उगलता
    वसुंधरा झुलसी विकाल।

अनीता शर्मा

धीरज

धीरज में शक्ति अपार
आत्म-मंथन करें सदा ही
गुण-धर्म का बोध कराये
स्व-विवेक को जाग्रत करें।

अधर्म को बढ़ने से रोके
साथ सत्य का सदा ही देता।
असत्य मार्ग से हमें बचाता
सतकार्य का मार्ग प्रशस्त करता।

धीरज धर्म का पाठ पढ़ाता
बुरे कार्य से हमें बचाता।
संस्कार सदा संसार को देकर
संस्कृति, सभ्यता को दृढ़ता देता।

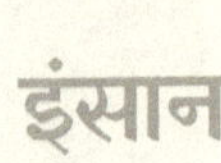

इंसान

हे रचयिता तूने इंसान रचा ही क्यों?

सुंदर-सा जब रंग रूप दिया तो
द्वेष से उसको भरा ही क्यों?

कोमल-सा जब हृदय बनाया फिर
ईर्ष्या का स्थान दिया ही क्यों?

मन-मस्तिष्क बनाया तुमने फिर
अहंकार से इसको भरा ही क्यों?

सुंदर सी मुस्कान दी मुख को फिर
मिथ्या का क्यों वास दिया ही क्यों?

सहृदयी इंसान बनाना था तो
फ़रेब को इससे जोड़ा ही क्यों?

सुंदरता का जब रंग भरा तो
अपंगता को जड़ा ही क्यों?

रंग-भेद चाहे जितने बनाये तुमने
भाव-भेद भरा ही क्यों?

दो राहें

जीवन सरल कहाँ होता है?
मुश्किल है राहें मगर यह

पग दो पग चलते ही इसमें
दो राहे खड़े मिलते हैं।

किस ओर चलूँ, किसे छोड़ूँ?
डगर दुविधाओं से भरी है।

गलत सही के बीच झूलती
जीवन राह उलझ गई है।

हर राह, हर कर्म में आगे
दो राहें मिलती हैं।

मंजिल दूर भले हो लेकिन
सीधी-सच्ची राह चुनी है।

अंजानी राहों पर बढ़कर
स्वर्णिम जीवन राह चुनी है।

शीतल पवन

इक हवा का झोंका आया
शीतल मंद सुगन्ध से महकाता
सुरभित सुमन आनन्द बिखेरता
आल्हादित करता मन का हर कोना।

भोर की बेला में अमृत तरंगे
चेतना के शीतल पवन हिलौरे।
जागृति भरते अंतर्मन में
स्फूर्ति से उत्साहित कण-कण हो चेतन।

अनीता शर्मा

मनोहर

सुर है, लय है, ताल की धुन है।
राग-रागिनी मनुहार मनोहर।
रूप मनोहर साज़ नया है।
जीवन की सौग़ात मनोहर।

प्रकृति की हर अदा मनोहर।
विविधता का सौपान मनोहर।
सुर-लहरी की तान मनोहर।
थिरकन की है थाप मनोहर।

शिव-ताण्डव का शौर्य मनोहर।
प्रकृति का हर पल-क्षण मनोहर।
मन्दिर के दीप, घण्टे की धुन मनोहर।
शाँति की सौग़ात मनोहर।

भाव

भाव जो जुड़े शब्दों में तो अभिव्यक्ति हो गई
अभिव्यक्ति की तृप्ति से आकृति सजीव हो गई।
उपमा अलंकृत सौंदर्य का अद्वितीय चित्र हो गया।
भावना निखर गई, मूर्तिमान रूह में छलक गई।
साकार या निराकार हो, बस भावों की ही प्रधानता हो।
भावनाओं को संयम के साथ, बाँधना है धैर्य से।
दृश्य जो बना तो, माधुर्य रूप-गुण साकार हुआ।
भावों का वेग हो तो, अभिव्यक्ति तीव्र हो गई।
भाव से भाव मिले तो, भावना संवेदना में बदल गई।
सौंदर्य भाव जुड़ गए तो मधुर भाव सम्बन्ध बने।

ख़ुशी के पल

ख़ुशी के पल प्रफुल्लित करते
रिश्ते हैं, ख़ुशी भी है।
ख़ुश रहने की वजह तुम हो
ख़ुशी को महसूस करने की बात होती है।

सभी साथ हैं, हँसी-ख़ुशी
परवाह भी सभी की है।
ख़ुशहाली की तमन्ना दिलों में है।
दिल में प्यार का सैलाब रखते हैं।

हर रिश्ते में ख़ुशी का पल साथ रखते हैं।
प्यार है, मिठास है यही ख़ुशी की बात है।
जीवन की सौग़ात, हँसी-ख़ुशी की सौग़ात
दिलों में प्यार, सुकून अपार रखते हैं।

बस यही ईश्वर का है वरदान
ख़ुशी के पलों का है वरदान।
दिलों में प्यार का समन्दर
और ख़ुशी की वजह तुम हो।

प्रियवर

प्रियवर कब आओगे
राह जोह रही मैं तुम्हारी।
रंग-बिरंगे पुष्प मधुर हैं।
करते आल्हादित मन को।
प्रियवर कब आओगे॥

सुरवीणा के मधुर तान
गाते हैं मधुर तान
गाते हैं गीत मधुर सुर
तुम कब आओगे प्रिय
बाँट जोहती हूँ मैं तुम्हारी
प्रियवर कब आओगे॥

कहीं दूर छोर में रहकर
दिल-तारों को तरंगित कर
भर देते जीवन में प्राण
ओ मेरे जीवन आधार
प्रियवर कब आओगे॥

राग भी हूँ मैं तुम्हारी
रागिनी भी हूँ तुम्हारी।
प्रेम की झंकार झंकृति से
हृदय की धड़कन बढ़ जाती।
प्रियवर कब आओगे॥

स्पर्श की फुहार भी है
यादों की बयार भी है।
राह की भटकनों में है
यादों की श्रृंखला सजी है।
प्रियवर कब आओगे॥

अनीता शर्मा

खोया-पाया

क्या खोया और क्या पाया?
सोचा और मनन किया।
जो पाया क़दर कहाँ की?
जो खोया वो चुभन बनी।

चंचलता बचपन की थी।
ज़िद कहाँ जाती है जल्दी।
वो तो अभी भी बाक़ी है।
ज़िद में ठाना वो कर डाला।

जीवन में स्थिरता अभी बाक़ी है
धैर्य, संयम को जोड़ रही हूँ
बचपन का लाड़-प्यार सब छूटा।
उम्र के साथ छूटा सब कुछ।

खोया वो कम भी नहीं है
और पाया जो वो कम नहीं।
संतुष्ट किया जीवन ने मुझको
ईश्वर का आधार है जीवन॥

एकांत

बीतता है दिन भी
मौत का ख़ौफ़ है।

बीमारी भी अजीब सी है
अजीब दास्ताँ भी है।

न पास आये कोई भी
दूर भागते हैं सभी।

था स्पर्श में जादू जो
वो मौत का डर बना।

छूकर भाप भरते थे
वो डर बना है मौत का।

आँखों की दहशत है
और सवाल ख़ौफ़ है।

कब तक एकांत है
न सुकून और शाँति है।

वीरान-सा शहर हुआ
हर इंसान क़ैद है।

ये कौन-सी हवा बही
मुँह भी सब छिपा रहे।

एकांत का बोलबाला है
भीड़ में मौत घूम रही॥

अनीता शर्मा

गिरिवर

गिरिवर तुम अटल मौन खड़े हो
चिर योगी से खड़े हुए हो।
किस समाधी में ध्यान लगाये
मौन-व्रत पर अटल खड़े हो।

शांत-चित्त निर्भीक डटे हो
किस चिंतन में रमे हुए हो।
मौन-तपस्वी अब तो बोलो
शांत-नीरव से तटस्थ जमे हो।

हे गिरी के शिखरों तुम बोलो
या तुम भी साधक बने हुए हो।
साधना की अखंड धुरी में
चिर साधना में लीन हुए हो।

वट-वृक्ष भी ध्यान लगाये
सरिता कल-कल सरगम करती।
मानो पक्षी संगीत की धुन पर
मधुर ध्वनि से साधना बढ़ाते।

गिरिवर धरती के मुकुट शीश
स्थिर-अटल-तटस्थ तपस्वी।
सीख यही देते हैं सबको
अखण्ड चेतन शाँति तुम्हीं हो।

समय की धारा

समय की धारा में बह जाना है
वक़्त के साथ-साथ बढ़ जाना है।
हमें न रुकना, बस बढ़े ही जाना है।
हो बीत गया वो कल था जो आएगा वो भी कल है।
हमारे पास 'आज' अमूल धरोहर 'समय' ही है।
समय को थाम बढ़े ही जाना है।
समय का चक्र है ऐसा, न रुकता न थमता।
कभी हँसाता कभी रुलाता, हाथ किसी के न आता।
कभी बीती बातों में बहक, आँखों को नम कर जाता।
कभी ढेरों ख़ुशियाँ दे जाता, वो चलता ही जाता है।
समय की धारा में बह जाना है
हमें तो बस चलते ही जाना है।

बात मन की

सीधा सरल जीवन होना ही
सबसे अच्छी बात है।

न दिखावट न बनावट
यह सीधी सच्ची बात है।

कठिन पलों से तपकर निखरो
यह जीवन की सौग़ात है।

ख़ुद का ख़ुद में विश्वास रखो
यह सौ टके की बात है।

मत कमज़ोर कभी भी पड़ना
चाहें जितनी बड़ी बात हो।

समय बदलेगा धैर्य धरो
कोशिश कर आगे बढ़ जाना।

थक कर न पीछे हट जाना
मन में इतना ठान लो।

मुश्किल चाहें जितनी बड़ी हो
हिम्मत रख आगे बढ़ना तुमको।

समय तुम्हीं बदलोगे अपना
मन में बस ये ठान लो।

जीवन है अमूल्य तुम्हारा
इसकी क़ीमत जान लो।

ख़्वाहिशें

ख़्वाहिशें कहाँ ख़त्म होती हैं।
एक के बाद दूसरी शुरू होती हैं।
कभी ख़्वाहिशें, ख़ुशी होती हैं।
तो कभी दुःखों को दे जाती हैं।
दुनिया में सब भटक सुख ढूँढे।
दुनिया कहाँ कभी किसी की होती है।
ख़्वाहिशें दुनिया की ओर बढ़ा जाती हैं।
ख़्वाहिशों का चक्र घूमता ही रहता है।
ख़्वाहिशें सीमित ही ख़ुशी का मूल है।
पर तवज्जो कहाँ ख़ुशी को मिलती है।
ख़्वाहिशें नई सी उम्मीदों से भरी सी।
ख़्वाहिशें ही तो इंसान को ज़िन्दा रखे हैं।
उम्र के ढलने पर ही चेतता है इंसान।
तब उसके पास वक़्त कहाँ होता है।
जब व्यक्ति की ख़्वाहिश होती है।
तब तक लौटने का वक़्त होता है।
ख़्वाहिशें कहाँ ख़त्म होती हैं।

मन

मन जोगी से भटके चहुँ ओर
अशाँत आकाँक्षाएँ अनन्त।
भरसक किया प्रयास पर
मन गुम हो जाता।
एकाग्र चित्त करने का प्रयत्न
और मन गुम हो जाता।
चंचल चपल नटखट सा
फिसल ही जाता।
मन पक्षी सा उड़-उड़ जाता
पुचकारा सौ बार मगर...
वह हाथ न आता
पंखों को फैलाये नभ पर उड़ जाता।
जीवन सरल कहाँ होता है।
मन किसके वश में होता है।
उलझ-उलझ उलझन गढ़ता है।
भ्रमित भयंकर मन करता है।
स्थिरता दृढ़ता से अपनी
मनःस्थिति शाँति देती है।
छोड़ दिया जब जग की बातों को
आत्मतृप्ति तभी मिल पाती।

बदलाव

जीवन में बदलाव ज़रूरी है।
जीवन में तजुर्बे बड़े नए से मिलते।
किसको पकड़ें किसको छोड़ें?
राहों के चौराहे पर हैं सिखलाते
जीवन में अनुभव नए दे जाते
जो रिसता है वो रिश्ता कैसा?
क्या छोड़ उसे बढ़ जाना है।
या उन घावों पर मरहम
का लेप लगाना है मुझको?
सूक्ष्म दृष्टि से अपलोक करना
तभी निर्णय सशक्त रहेगा।
खोना-पाना जीवन को जीना
सही तर्क ही सिखलाता है।
बस सुकून का मार्ग दर्शन हो
जीवन का गुण सिखलाता है।

भुला तो दिया

मैंने तुम्हें भुला तो दिया है
थक जाओगे मुझे याद करते।
मैंने तो राह ही अपनी बदली
न मुड़कर देखूँ तेरे गलियारे को।
अब मर्ज़ी है तेरी भूले या याद करे
मैंने अब तुझे भूलकर जीना सीख लिया।
बहुत तड़पकर चाहना मेरी भूल तो थी
अब उस भूल को सुधारना चाहता हूँ।
मैं तो बस ख़ुश रहकर जीना चाहता हूँ
जीवन से भरे गीत गुनगुनाना चाहता हूँ।
सुकूँ के पलों की माला पिरोना चाहता हूँ
ख़ुशी के क्षणों को याद करना चाहता हूँ।
अब मर्ज़ी है तेरी भूले या याद करे
मैं सब भुलाकर जीवन जीना चाहता हूँ।

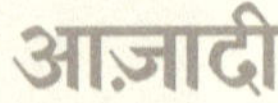

आज़ादी

मिल गई आज़ादी हमें, संघर्षों के बाद में।
बहुतों ने जान गँवा दी, आँदोलन के नाम पर।

माताओं ने पुत्र गँवाकर देश का मान बढ़ाया है।
हर क़ीमत पर इसे सम्भालो बहुतों ने ख़ून बहाया है।

भारत माँ के वीर शहीदों ने भी सीमाओं पर शहादत पाई है।
राष्ट्र का गौरव बढ़ाना हम सबका दायित्व है।

जाति-पाति का भेदभाव हम सबको ही मिटाना है।
सभी धर्मों का सम्मान करेंगे समभाव से साथ रहेंगे।

आज़ादी के पर्व पर हम सब ऐसी एकता का आदर्श रखें
गौरवान्वित हो देश हमारा ऐसा चरित्र निर्माण करें।

आज़ादी के वीरों का उपकार हमीं ने पाया है
सम्मान में शीश झुकाने उनको जीने की आज़ादी दिलाई है।

भारत के वीर सपूतों को सच्ची श्रद्धांजली यही होगी
भारत का उत्थान करें हम राष्ट्र का नव निर्माण करें।

भाई-चारा क़ायम हो नफ़रत को दूर करें हम सब
सौहाद्र, शाँति से साथ रहें आज़ादी का सम्मान करें।

व्यथा-व्यथित

कुछ न कहूँ तो समझ लेना
कुछ भी अपने वश में नहीं ।
अगर बदल जाऊँ तो वक़्त हूँ, विवश बहुत हूँ।
अगर ठहर जाऊँ तो हालात हूँ, कुछ न कर पाऊँ।
अगर छलक जाऊँ तो जज़्बात हूँ, भाव विवश हूँ।
अगर महसूस हो जाऊँ तो दोस्त हूँ, विश्वास बहुत हूँ।
हो गए हृदय के उद्गार प्रकट, व्यथित हूँ मैं
हो रहा मेरा मन अधीर और खिन्न
क्या भाव ज्वर उठ रहे न जानूँ मैं।
कैसी समय की परिणीति है भिन्न
है, कुछ भी तो वश में नहीं किंचित।

विचारों की श्रृंखला

विचारों की श्रृंखला प्रबल उछाल मारती।
समेटती हूँ शब्द में, है काव्य रूप ले रही।

विशाल उत्तुंग गिरी शिखर अड़िग खड़े
विचारों में अटलता, उत्तुंग विशाल रूप है।

आसमाँ को छू रहे, तरुवरों की श्रृंखला से
विचार उच्च कोटि रूप ले रहे।

नदी धार भी प्रबल बह रही नियत
विचार नदी धार से, स्वयं रास्ता बना रहे।

गूँजते शब्द भेदी से घनघोर में आच्छादित
विचार उमड़-घुमड़ते घनघोर उच्च भेदी से।

घनघोर अरण्य सम् कुछ विचार दब गए
स्व-अस्तित्व मिटा रहे।

प्रकृति सुन्दरी सजी धजी

प्रकृति सुन्दरी सजी धजी,
धानी वस्त्र लावण्य मधुर
बरखा रितु का उपहार मधुर
मधुरिमा छाई चहुँ ओर नवल।

रूप मनोहर, श्रृंगार, मधुर,
रंगीन पुष्प, बन गहने दमके
रूप मधुर अप्सरा स्वर्ग की,
रितुराज मुग्ध, लावण्य रूप।

पक्षी चहचहाते, गीत मधुर,
भँवरा गुंजन, सुर-संगम,
चहुँ ओर सुगंध, सुरभित
अदम्य प्रकृति सुन्दरी सजी-धजी।

पुष्प श्रृंखला श्रृंगार सजा
प्रकृति सुन्दरी सजी धजी,
मानो मिलन, गगन आतुर
क्षितिज मनोहर, छटा सुन्दर।

वो दिल के पास होते हैं

वो अक्सर साथ न होकर भी
वो मेरे साथ ही होते हैं।

वो दूर हों चाहें जितने भी
वो मेरे दिल के पास होते हैं।

चाहें जहाँ रहें वो कहीं भी
वो मेरी पुकार सुनते हैं।

मैं जब-जब दु:खी होती हूँ
वो ख्याल में ही होते हैं।

वो थे मेरे ही और रहेंगे मेरे ही
वो दिल की धड़कनों के पास रहते हैं।

जैसे चाँद अपनी चाँदनी के पास रहता है
मैं चाँदनी उनकी वो मेरे चाँद ही तो हैं।

वो दिल के पास रहते हैं
हृदय में वास है उनका प्रिय साथ रहते हैं।

धरा

प्रकृति जब तक सहती है
जब तक असहनीय न हो पीड़ा।

अति जब हो जाती है
कहीं बाढ़ भूकम्प सूखा पड़ता है।

कहीं बर्फ़ की आफ़त आती
ग्रीस, चीन, अमेरिका हिल जाता।

जब धरा डगमगाती ज़ुल्म सहकर
कहीं सूखा, आँधी, बारिश ओले पड़ते।

यदि नहीं चाहते गर तुम तबाही
धरा का तुम सम्मान करो।

मत बारूद, रॉकेट लाँचर में
धरा को तुम बर्बाद करो।

यदि धरा हो हरी-भरी तो
सभी ख़ुशहाल प्राणी होंगे।

यदि धरा युद्ध छेड़ेगी तो
विज्ञान धरा ही रह जायेगा।

मेरी बहना

मेरे जीवन का एहसास हो तुम
तुमको खोकर इक रिश्ता खोया।
मेरे सुख-दुःख की साथी तुम बहना
मेरे हर एहसास में बसती तुम हो।
बहन तुम्हारे अंतिम क्षण को
कभी न भूल ज़रा भी पाती।
उस पल मैंने क्या खोया था
कोई न समझे दिल की बात।
जब-जब याद तुम्हारी आती
आँखों में भरते हैं आँसू।
क्यों लगता है हर पल मुझको
काश तुम आकर कुछ कह जाती।
कह जाती तुम मन की बातें
बहुत समय बीता आवाज़ सुनी न तेरी
आवाज़ तेरी सुनने को कान तरसते मेरे
मेरी दुआ हमेशा यही है जहाँ रहो
सुख-शाँति वहाँ हो॥

अनीता शर्मा

दामिनी

दामिनी दमक-दमक चमक रही।
कड़क-कड़क भड़क रही।
गाज गिराये किसके ऊपर?
काली-काली घनघोर घटायें छाई।
झूम-झूम बारिश आई।
बरसे बादल काले-काले
उमड़-घुमड़ गरजे-बरसे।
वृक्ष भीगे झुके-झुके झूमे।
मौसम बदला ऋतु बदली।
चेहरे पर भी मुस्कान छाई।
गर्मी से राहत मिली सभी को
वसुधा धुली-खिली सी है।
धरती को ठंडक, सुकून मिला।
तृप्त हुई अद्भुत शीतल धरा।
बारिश आई झूम-झूम कर
संतृप्ति से ओत-प्रोत धरा
घिर आई काली घटा घनघोर।

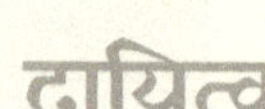

दायित्व

दायित्वों को निभाना आसान कहाँ?
        लेकिन कोशिश तो कर लेते हैं।
कभी प्यार से सभी
        ज़िम्मेदारी निभा लेते हैं।
कभी सख़्ती दिखाकर बात मनवाते
        सीख सिखाते दायित्व निभाते हैं।
कुछ फ़र्ज़ हैं जो अपने,
        उनको भी अदा कर ही लेते हैं।
कभी नरमी दिखाकर प्यार से
        दायित्व निभा लेते हैं।
सांसारिक कर्तव्यों का पालन हर हाल में
        कर ही लेते हैं।
कभी ख़्वाहिशों को दबाकर अपनी,
        हर दायित्व को निभा देते हैं।
परिवार की डोर मज़बूती से थामकर
        कर्तव्यों को प्यार से थाम लेते हैं।
ज़िंदगी में रिश्तों की क़ीमत पहचान
        हर पल चुनौतियों को उठाते हैं।
है संस्कृति की पहचान यही तो
        हर दायित्व खामोशी से निभा देते हैं।

नारी शक्तिरूप

नारी श्रद्धा और समर्पण
प्रेम की पवित्र अमरबेल है।

त्याग-तपस्या और समर्पण
नेह-प्यार-ममता की अमृत पुँज है।

माया-रूप में लक्ष्मी अवतार
समर्पण-त्याग में सीता रूप है।

प्रेम रूप में राधा बन जाती
समर्पण भक्ति प्रेम पुजारी मीरा सी।

रुक्मणी रूप में संगिनी पिया की
कौशल्या माता रूप में ममत्व छलकाती।

शत्रु से रक्षा की खातिर दुर्गा रूप है
संहारक शत्रु का विनाशक काली रूप है।

शिक्षा की देवी सरस्वती वीणापाणि रूप है।
सहन-शक्ति की सशक्त मूर्ति साक्षात् आदिशक्ति रूप है।

नारी तेरे रूप अनेकों पर
शक्ति पुँज ममत्व अपार है।

सुकून

अपेक्षाएँ जहाँ ख़त्म होती हैं
सुकून की वहाँ से शुरुआत होती है
न किसी से पाल आशा कोई
बस कर जा कोई शुरुआत नई।

नई डगर सुनसान बड़ी है
सुकून की सौग़ात राह यही है।
अपने से अपना परिचय करवा दे
राह दिखा स्वयं को उमंग भरी।

आत्म-मंथन कर विश्वास बढ़ाये
भँवर लोक से बाहर लाये।
ऊँचाई का लक्ष्य बनाकर
पहुँचाए राह सुकून की सौग़ात भरी।

अनीता शर्मा

आईना

आईना कमज़ोर स्वयं होता है।
तस्वीर में कहाँ बँधा होता है।
रू-ब-रू कराये अक्स हमारा।
हमें हमसे मिलाने की कला रखता है।
शख़्स दर्पण में अपना अक्स निहारे।
तस्वीर दिखे वही जो, वो स्वयं होता है।
शीशे से बने दर्पण में झलके जब
वही सादगी श्रृंगार हो जायेगी।
काँच टूटकर चूर-चूर हो जायेगा
तब सादगी आबाद हो जायेगी।
काँच के टुकड़ों का न कोई मूल्य
साथ है तो दर्पण का ख़ास मूल्य है।
न दर्पण हमेशा के लिए है।
न इंसान हमेशा के लिए अमर है।
दोनों ही बनते-बिगड़ते रहेंगे
है आईना हमसे हक़ीक़त ये बोले।

वीरसपूत

वीर तुम धन्य हो
डटे हुए रण-भूमि में
है कर्म-भूमि युद्ध क्षेत्र तुम्हारी
वीरता में महाकाल के पुजारी।
चाहे जितनी मुश्किल आये
डटे हुए सीमा की रक्षा में
भारत माँ के तुम सच्चे पुत्र हो
वीर-सपूतों देश के पहरेदार हो तुम।
मौसम चाहे जैसा हो डटे हुए रक्षा में तुम
देशहित में सजग सदा ही सच्चे वीर सपूत हो।
परिजनों की याद दिलों में कर्म-योद्धा परिपूर्ण हो
कोटिश प्रणाम देश का सच्चे पहरेदार हो तुम।

अनीता शर्मा

सजना संग प्रीत

सजन संग प्रीत पुरानी लागी
प्रीत की रीत संग प्यार बँधा है
मन में बसा सजना का प्यार
प्यार की ख़ातिर अपने को हारी।
तुम ही प्रेम समुन्दर प्रियवर
मैं प्रेम की अविरल नदी धारा।

दिन ढलते ही राह मैं देखूँ
ख़ुद को सर्वस्व ही हार गई
मन में चाहत बसती तेरी
तब ख़ुद को ही भूलूँ मैं सजना।
जब तुझको न देखूँ तो
मुझको आकुल करती चाह तेरी।

समय के साथ ही जाना सजना
प्रेम परिपक्क हुआ है अपना।
प्रीत का अर्थ भी जाना है मैंने
हर ख़याल में तुम ही तुम हो।
मेरी तो हर सुबह शाम तुम्हीं हो
अब दिन-रात तुम्हीं से होती।

बँध रही है प्रीत पुरानी
ख़ुश रहने की रीत सुहानी।
मन पक्षी सा उड़ता-फिरता
मयूर सा दिल नृत्य करता है।
मैंने जाना प्यार तुम्हारा पावन
सजन संग प्रीत की रीत यही है।

मैं सँवरने लगी

मैं सँवरने लगी तुम सँवारते गए
है प्रीत की मधु भावना कि मीत तुम बन गए।
तुमसे प्रीत भावना की मन से मन मिल गए।
है प्रेम की पराकाष्ठा आत्मीयता में बँध गई।

मैं सँवरने लगी तुम सँवारते गए
साथ-साथ चल दिए लो एक पथ मुक़ाम है।
न कोई भेदभाव है न अलग ही मुक़ाम है।
मन से मन मिल गए एक दिल की तान है।

मैं सँवरने लगी तुम सँवारते गए
प्रीत तार जुड़ गए कि प्रीत बेल बढ़ चली
कभी थे तुम अजनबी आज हो मेरे प्रिये
आशा-दीप सज गए विश्वास बढ़ सँवर गया।

मैं सँवरने लगी तुम सँवारते गए।

अनीता शर्मा

समय परिवर्तित होगा

समय मुश्किल तो हो सकता है
हिम्मत रखना साथ सदा ही
कोई समय टिकेगा न हमेशा
रखना होगा भरोसा अपने पर ही

समय बदलता प्रतिक्षण-प्रतिपल
मनःस्थिति सरल रख बढ़ना है।
तूफ़ानों से घिरना चाहें जितना भी
हिम्मत से आगे बढ़ना तुमको है।
मँझदार में फँस रुक मत जाना
साहस रख आगे बढ़ जाना।
विश्वास सदा ही रखना ख़ुद पर
समय के साथ समय बदलेगा।

समय बदलेगा हिम्मत ही
हिम्मत को रखना तुम साथ।
समय को ही पकड़ना तुमको
आगे-आगे बढ़ना सदा ही
समय कहाँ रुकने वाला
समय सदा चलने वाला है।

अजनबी

सब सखियों के वर ने आकर
वरण किया था उनका।
सब सखियों के ब्याह हुए
कब होगा ब्याह मेरा भी।
बहुत प्रश्न उठते थे मन में
पर समय आया सखी मेरा।
एक अजनबी घर आया मेरे
देखते ही पसन्द कर बैठा।
न पूछा, न कुछ बोला
जाना ही था कितना?
अचरज में थी मैं डूबी-सी
पसन्द किया था मुझको कैसे?
बस! देखा ही तो था मुझको?
बहुत सवाल उठे थे मन में।
लगन समय भी आया सखी
जब वरण किया था मेरा।
इक नया परिवार दिया मुझको
तब पहचान जुड़ी उन संग मेरी।
जीवन का इक नया दौर था
संसार बदला था सखी मेरा।
जीवन ने स्वर्णिम स्वप्न बुने
जब पहचान बढ़ी थी उनसे।

हर पल को ख़ास बनाते हैं

चलो हर पल को जीते हैं
हर दिन को कुछ ख़ास बनाते हैं।
कुछ सुनते हैं, कुछ सुनाते हैं
हर आम दिनों में से ही
ख़ास दिनों को ही चुनते हैं।
चुनौती तो ज़िंदगी में बहुत है
चलो आज उन चुनौतियों को ही चुनते हैं।
अपने हर पल को ख़ास बनाते हैं।
कर लेते हैं ऐसा ख़ास काम ही कि
कामयाबी को ही जीवन में जोड़ जी लेते हैं।
न चिंता, न फ़िक्र, मेहनत को चुनते हैं।
मेहनत में दिलो-जान लगा जी लेते हैं।
करते हैं लगन से परिपूर्ण काम अपना
चलो फिर हर पल को ही जी लेते हैं।

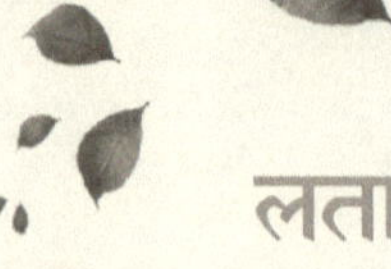

लता

ओह ! कोमल हरी-भरी लता
अपनी मस्ती में तुम झूल रही हो
अल्हड़-सी हँसती ख़ुश होकर
झूम हवा के संग रही हो।

फूलों से तुम भरी हुई हो
इठलाती इतराती हो मदमस्त।
तुमको वृक्ष ने थाम रखा है
पकड़ रखा मज़बूती से तुमको।

मत भूलो पहचान तुम्हारी
वृक्ष की ही हो तुम कोमल डाली
अगर वृक्ष से टूट गई तो?
कोई पहचान न तुम्हारी होगी।

ढह जायेगा अस्तित्व तुम्हारा
पृथकता में होगा अंत तुम्हारा।
क़द्र वृक्ष की करो सदा ही
पहचान तुम्हें उसने ही दी है।

झूमो, इठलाओ तुम ख़ूब
सब मर्यादित हो सदा ही।
ध्यान तुम्हें ही रखना है।
क़द्र वृक्ष की करना तुमको ही।

अनीता शर्मा

हमसफ़र

मुहब्बत के सफ़र में, हमसफ़र जब साथ होता है।
ख़ुशियों से चमन खिलता, ख़ुशी से घर महकता है।
तभी तो राह फूलों से सजती और मुक़ाम बन सँवरता है।
हो साथ हमसफ़र तो, जीवन ख़ुशगवार होता है।
बिंदिया सजती है माथे पर, रौशन चाँद से चेहरे पर।
सुहागन का सिंदूरी रंग, मुहब्बत की लाली में निखरता है।
सुहाग के प्रतीकों से दीवानी मुहब्बत सज चमकती है।
मुहब्बत के सफ़र में, हमसफ़र जब साथ होता है।

विपदा महामारी

जटिलता है बढ़ रही
विषमता है छा रही।
घनघोर अहंकार बढ़ रहा
ये क्या समय है आ गया?

महामारी से देश व्यथित है
घरों के द्वार बन्द हैं और
लोग डरे-डरे से जी रहे,
मन्दिरों के कपाट बन्द हैं।

मस्जिदों की अज़ान ख़ामोश है
गिरिजा, गुरुद्वारे सुनसान है।
इलाज भी नहीं मिला
शोध-कार्य चल रहा।

अनीता शर्मा

समय की पुकार पर
सभी घरों में क़ैद हैं।
भय का बोल-बाला है
धैर्य सब ही जीवन है।

न कोई काम शेष है
है कौन सा समय आया?
भयंकर विपदा है ये क्या?
जीवन-चक्र थमा-सा है।

कब समय बदलेगा?
कब सामान्य होगा जीवन?
जटिलता कब कम होगी?
ये क्या समय है चल रहा।

विचार

चन्द विचारों को गूँथ रही मैं शब्दों के धागे में
नहीं बनावट नहीं विषमता प्रेम है इसमें छलका।
विचारों की घृष्टता कुचाल मारने लगी है
कभी भटक-विचार छिन्न हुए और कभी
शब्दों में गढ़ गए।

मैं विचार प्रवाह गूँथ रही लयबद्ध से
कभी अतीत में फँस जाते चंचल मन बनके।
कभी भटक-छिटक जाते, भविष्य में ख़्वाब बनके
आज मधुर सुंदरता है ठहरो यहीं बँधकर।

विचारों की श्रृंखला नए अरमाँ में बँध गई
कभी रूप सजाते सुंदर रचना मधुर है गढ़ रहे।
चंचल अस्थिर विचार पकड़ संजोये जाती हूँ
स्थिरता, दृढ़ता, तटस्थता में बाँधती मनोयोग से।

अनीता शर्मा

पलक

पलक बन्द कर लूँ कहीं छलक ही न जाये
दुनिया मतलबी-सी कहीं दर्द ही न दे जाये।
बहुत मुश्किल है अपनों में अपनों को ढूँढना
बदलते चेहरों में ग़ैरत खो गई है मतलब बढ़ गई है।
पलकों को बन्द रखकर आँसू छिपा लिए हैं
आँसुओं को अपनी पलकों में छिपा रही हूँ।
अल्फ़ाज़ बदल गए हैं, फ़ितरत बदल गई है
पलकें झुकी-झुकी हैं और अंदाज़ बदल गए हैं।
वक़्त बदल गया है नजरें बदल गई हैं
पलकें ही बन्द कर लूँ कहीं छलक ही न जाये।
पलकों में अपनी समुन्दर छिपा लिया है
उमड़ती लहरों को पलकों में थाम लिया है।
शर्म, संकोच, हया को झुकी पलकों में समा लिया है।
पलकों में बन्द कर लूँ कहीं छलक ही न जाये।

दिल कहता है

1. कंगन की खनक जब भाने लगे
   तब दिल कुछ कहता है।
   पायल की रुनझुन में मन बँध जाये
   तब दिल कुछ कहता है।

2. सजना सँवरना मन को भाये तो
   तब दिल कुछ कहता है।
   मन मुस्कुराये हंसी ख़ुशी संग
   तब दिल कुछ कहता है।

3. पक्षी की चहक सुन मन चहके
   तब दिल कुछ कहता है।
   पंख फैलाकर उड़ने को मन करता है
   तब दिल कुछ कहता है।

अनीता शर्मा

4. शीतल मन्द पवन संग मन डोले तो
   तब दिल कुछ कहता है।
   लहराती लता संग लहराये शोक मन
   तब दिल कुछ कहता है।

5. पुष्पों की ख़ुशबू में डूबे मन तो
   तब दिल कुछ कहता है।
   इंद्रधनुष के रंगो में रम जाये तो
   तब दिल कुछ कहता है।

6. ख़ुशहाली में डोल रहा मन
   तब दिल कुछ कहता है।
   ख़ुशियों के रंग डूब मन गीत गाता है
   तब दिल कुछ कहता है।

बेटियाँ

चूड़ी की खनक गूँज गई
     दीवार गीत गा उठी।
पायल की झंकार से
     आँगन महक झूम उठे।
जिस घर में हँसी की गूँज हो
     ख़ुशियों की फुहार बसती है।
घर में हो प्यारी बेटियाँ
     वो घर गुलज़ार हो रहे।
बेटी की चहक से कोयल मधुर
     घर महक चहक रहे।
बेटियों के आने से
     दीवार-दर चेतन हुए।
बेटियों की ख़ुशियों से
     बगिया में भी महकाते फूल खिल रहे।
माँ के होंठो की मुस्कान
     और शान भी है बेटियाँ।
और गुरुर हैं बेटियाँ।
     भाई की नोंक-झोंक और
प्यार का बँधन हैं बेटियाँ
     दो परिवारों को जोड़ने कई
मज़बूत कड़ी हैं बेटियाँ।
     भाई के दुलार और बचाव है बेटियाँ।

अनीता शर्मा

कृषकाय शेष

देखा उसको कृषकाय शेष
रंग गेहुँआ अधेड़ थी उम्र।
तसला ढोते मलीन थे वस्त्र
माथे पर उभरे श्रम बिंदु कण।
विचारों की श्रृंखला चल पड़ी सहज
किस कर्म का प्रारब्ध है इन्हें मिला।
दोपहर में खाना खाते देखा मैंने महज़
सूखी मोटी सी रोटी चटनी के साथ।
पानी में भिगो रोटी खाते देखा मैंने
शायद दाँतों ने भी छोड़ा साथ।
शायद ज़िम्मेदारी बहुत है साथ
श्रम करते हैं परिवार की ख़ातिर।
क्या प्रारब्ध बुना तुमने ऐसा
क्या कर्म किये थे जो दंश मिला।
अब कर्म करो ऐसा भला-सा
न हो प्रारब्ध आगे के जीवन में।
विधाता की मुट्ठी में बन्द सभी के भाग्य
देखा उसको तसला ढोते कृषकाय तन।

पिता

पिता है पालनहार परिवार का
पिता है वटवृक्ष समान विशाल दृढ़।
　　परिवार शब्द में बड़ी शक्ति है
　　ज़मीन से जुड़ी, जुड़े संस्कार की।
पिता की पकड़ मज़बूत बहुत है
बाहर से कुछ सख़्त दिखे पर भावों में सहहृदयता।
　　माँ धुरी-धरा सी घूमती रहती
　　पिता सूर्य से तटस्थ अडिग।
पिता सूर्य से ऊर्जापुँज हैं
बच्चों को संस्कारित करते।
　　परस्पर विश्वास का पाठ पढ़ाते
　　प्यार का बीजारोपण करते।
नैतिकता का ख़याल वो रखते
ज़िम्मेदारी से कभी न हटते।
　　पिता परिवार के केंद्र बिंदु हैं
　　आत्मसम्मान से जीवन को जीते।
गंभीरता बाहर से रखते
अंदर से बच्चों को प्यार वो करते।
　　परिवार का निर्माण गुणों से करते
　　कभी सख़्त कभी गर्म भी होते।
नमन करूँ मैं अपने पिता को
समुद्र सा विशाल हृदय वो रखते।

माँ गंगा

माँ गंगा की पवित्रता का सोपान
माँ-बच्चों की जीवन आधार।
माँ की ममता निर्मल धारा
माँ शब्द में है संसार।
माँ
ब्रह्माण्ड की स्नेह मूर्ति
सृष्टि का सृजन रूप है।
त्याग-तपस्या बलिदान अपार
परिवार के संगठन की नींव।
माया के बन्धनों से बँधी
बच्चों की जीवन आधार।
जननी सुधा की शीतल छाँव
कुटुंब की वही है श्रेष्ठ प्रणेता।
प्रथम ज्ञान संस्कार सिखाती
बच्चों को गुणों से संस्कारित करती।
वन्दन माँ को करती हूँ
माँ तो जन्नत का अमर पुष्प है
प्यार करना ही उसका उसूल है।

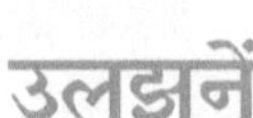

उलझनें

उलझनें हैं बढ़ रही
सरलता है खो गई।
कब तलक जियोगे यूँ
अब मुखौटा उतार दो।

ज़मीन से जुड़े हैं जो
राह वही मज़बूत है।
नक़्ल में अक़्ल गई
राह भी उलझ गई।

वक़्त भी है चुन लो अब
सादगी, सरलता को तुम।
उलझनों को छोड़कर
सुलभ, सारगर्भित जीवन जियो

उलझनों को न चुनो
ये उलझनें बढ़ा रही
ज़मीं से जुड़ा कि सरलता
पुकारती।

स्त्री

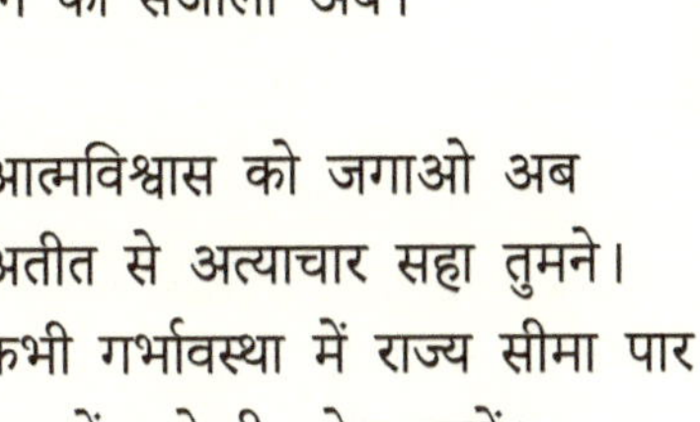

स्त्री तुम कब तक अबला रहोगी?
कब तक अत्याचार सहोगी?
अब समय बदल गया
स्वाभिमान को संजोलो अब।

आत्मविश्वास को जगाओ अब
अतीत से अत्याचार सहा तुमने।
कभी गर्भावस्था में राज्य सीमा पार
वन में अकेली छोड़ा तुम्हें।

तुम सहती रही जो ग़लती थी ही नही
कभी राजमहल से मन्दिर में रही
तब भी दुत्कारा ज़हर दिया तुम्हें।

पत्थर बनने का श्राप भी सहा तुमने
वर्षों पत्थर बनी रही तुम
कब तक? झुककर सब सहोगी तुम
बस ! अब समय बदल गया।

आत्ममंथन करना ही होगा
स्त्री-पुरुष दो गृहस्थी के स्तम्भ।
संतुलित जीवन ससम्मान जीना होगा
समानता का अधिकार रखना होगा।

साथ-साथ क़दम मिलाकर
हर क्षेत्र में चलना होगा।

यादें

गुम हूँ किसी की यादों में
वे ग़ैर नहीं मेरे अपने हैं।
कितनी बातें कितनी यादें
खट्टा-मीठा वो पल अपना।

यदि रूठ गई तो मुझे मनाना
याद बहुत आता है वो पल।
रात नींद की राह देखती
कोई सपने में आते तो तुम।

यादों की गहरी दुनिया में
भटकती रही बेचैन बड़ी।
रात्रि के गहन अँधकार में
यादों की बारात चल पड़ी।

गुम हूँ तुम्हारी ही यादों में
ख़याल तुम्हारा ही रहता।
हर पल दर्पण बन जाता
जब यादों की छाया पड़ती।

अनीता शर्मा

सत्य पथ

प्रभु चुना मैंने तेरा-पथ
सत्य-पथ को थामकर मैं
बढ़ चला पूर्ण विश्वास से ही
तू थाम लेना तब हाथ मेरा।

जब-जब भटकूँ राह तेरी
तुम राह दिखाते जाना मुझको
वन्दना कर जोड़ दिए हैं मैंने
वरद हस्त सिर पर रखना प्रभु।

न भटकूँ राहों में व्यर्थ
भर दो चेतना का पुँज
स्थिरता मन बुद्धि से भर दो
सत्य पथ पर थामना मुझको।

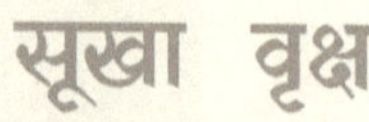

सूखा वृक्ष

सूखा वृक्ष कभी हरा था
झूलती थी डालियाँ।
वृक्ष में घरौंदे बनाकर
परिंदों का वास था।

टहनियों में हरीतिमा थी
पत्तियाँ घनी लदी थी।
पुष्प गुच्छों से झुकी थीं
महकती थी डालियाँ।

हवा झकझोरती थी उसे
झर जाते थे पुष्प-पत्तियाँ।
तितली भौंरे न पक्षियों की
चहचहाट, गुनगुनाहट।

अब खड़ा सूखा-सा वृक्ष
न रौनक़ न चँचलता।
सोचता है वह सूखा वृक्ष
अब मैं वीरान हो गया।

आज वीरानियाँ छा गई
छूट गया सुख का संसार।
कुछ भी स्थिर नहीं यहाँ
कह रहा सूखा वृक्ष व्यथा।

अनीता शर्मा

माँ की लोरी

इक माँ की लोरी है ये
    चाँद-तारे सुलाये मेरे लाल को।
बेटा माँ की आँखों का तारा
    आये रिमझिम रौशनी के संग तारे।
लेकर आये ढेरों सुंदर सपनों संग
    निंदिया रानी झूला झुलाये।
परियाँ थपकी देतीं गीत सुनातीं
    बेटा मेरा निंदिया में खोया।
माँ की गोद मखमली सी
    बेटे की सुरक्षित विश्वास प्रवाह।
माँ गाती रहेगी लोरी की धुन
    सुन मेरे नन्हें हो जा तू सपनों में गुम।
बन्द आँखों में आकर तारे
    भर देंगे चमक विश्वास की।
इक माँ की लोरी है ये
    सोजा मुन्ना सपनों की सेज में।

फुर्सत

फुर्सत के पल बहुत सुखद हैं
सुखद पलों को आँचल में भरो।
जीवन के अनमोल पलों में
फुर्सत के पल चुन लिया करो।
कहाँ मिलेगा फिर ये मौक़ा
फुर्सत के क्षण ख़ुशी से जियो।
अपनों संग ख़ुशियाँ बाँट लो
यादों के तारों सी हो तुम।
फुर्सत के पन्नों को पलटा
सुखद यादों से भरा था मन।
चिन्तित पल आँखों में झूमे
साकार सुखद जीवन के पल।
नए आयामों से भरकर जी लो
फुर्सत के चंद पल जी लो।
दौड़ती-भागती जीवन शैली में
शाँति सौहार्द सुखद भर लो।
फुर्सत के हसीं लम्हों को
ख़ुश होकर अब तुम जी लो।

उलझन सुलझा भी लो

उलझनें बहुत बढ़ गईं
सरलता है खो गई।
कब तलक जियेगा यूँ ही
अब मुखौटा उतार भी दो।

ज़मीं से जुड़े हैं जो
राह वही मज़बूत है।
नक़्ल में पड़ अक़्ल गई
राह भी उलझ सी गई।

अभी वक़्त है चुनो सही
अपनाओ सरलता सादगी
सुलभ सारगर्भित जीवन जियो
उलझन को दूर करो।